Tübinger Elegien

Paul Kolitsch

Thomas Kolitsch

TÜBINGER ELEGIEN

Texte & Fotografien

Impressum

Bibliografische Information der Deutschen Nationalbibliothek:
Die Deutsche Nationalbibliothek verzeichnet diese Publikation in der Deutschen Nationalbibliografie; detaillierte bibliografische Daten sind im Internet über http://dnb.dnb.de abrufbar.

Umschlaggestaltung: Christoph Zwißler unter Verwendung einer Fotografie von Paul Kolitsch

Herstellung und Verlag: BoD – Books on Demand, Norderstedt

ISBN: 978-3-7519-1464-2

Mario Girotti

und

Carlo Pedersoli

zugeeignet

Was hören meine Augen?

Was sehen meine Ohren?

Meine Tochter küsst einen Schweinehirten?!

Thomas Brasch (nach H.C. Andersen)

Peer Holzhein wurde mit vollständigem Gebiss geboren, mit geraden, weißen Schneide- und schweren Backenzähnen, von denen einer sogar eine Füllung aufwies. Allerdings fielen all diese Zähne im Laufe der ersten Lebenswochen aus und hinterließen Peer Holzhein mit stets nach innen gesogenen Lippen. Dieser Zustand hielt bis zu seinem Tode an, da ein Nachwachsen niemals stattfand.

Auch wenn dadurch die Aussprache in eine mittlere Verwaschenheit hineinspielte, was die Verständlichkeit auf faszinierende Art und Weise zu mindern vermochte, war doch allen Beteiligten bewusst, dass Peer Holzhein sein langes Leben auf ebenjenes Gebrechen zurückführte. Es wurde vermutet, dass er oft davon erzählte; und je älter er wurde, desto singulärer wurde dieses Thema aus seinem ohnehin nicht reichhaltigen Erfahrungsschatz herausgehoben.

Peer Holzhein liebte den Porree, war aber trotz des Frauenüberschusses, der in seiner Generation herrschte, niemals verheiratet. Den Porree pflegte er mehrere Stunden in Butter zu schwenken, dann schockzuselchen und abschließend ungewürzt in einer irdenen Schüssel in seinem Kellerraum kühl zu stellen.

Gerade am so erstaunlich spät erreichten Ende seines Lebens mochte es vorkommen, dass er das Gemüse, welches er eifersüchtig hütete und aufwendig versteckte, nicht wiederfand. Das riss meist tiefe Schrunden in seine angelernte Contenance, und er beliebte durch den Ort zu wüten, bis die Sonne unterging. Die in diesen Breiten reflexartig einsetzende Dämmerung verfehlte aber ihre gemütsbesänftigende Wirkung selten.

Ob Peer Holzhein jemals Flüssiges zu sich nahm, ist nie beobachtet worden. In seiner Hinterlassenschaft fand sich jedoch eine leere Flasche, die nach nichts roch und in einen Briefentwurf eingewickelt worden war. Dieser ist das einzige schriftliche Zeugnis, das auf uns gekommen ist, bricht aber nach drei, noch dazu vollkommen unleserlichen Worten ab.

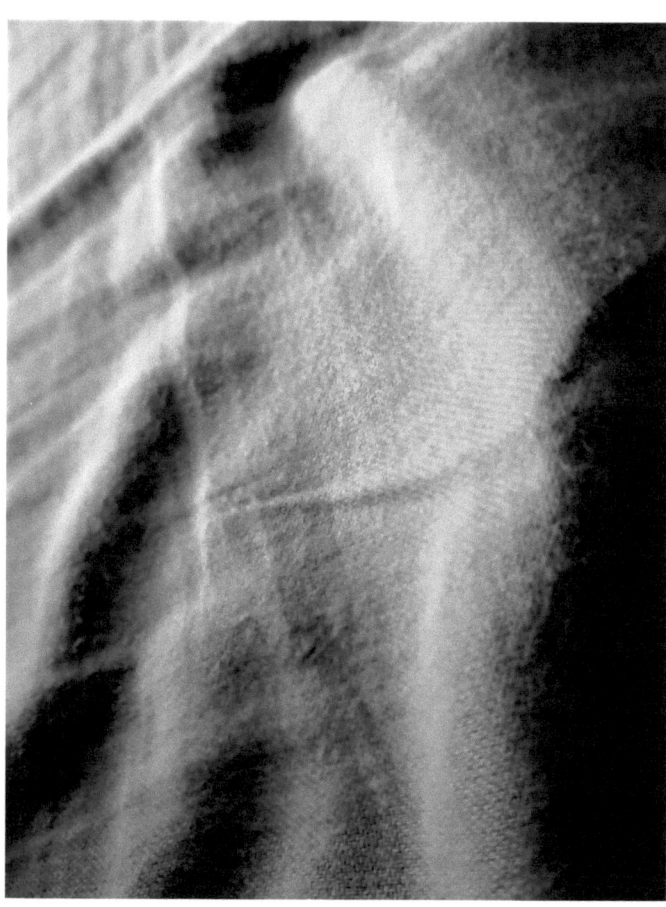

Rita Slovozik hätte ihren Namen, so es denn ihr Interesse gewesen wäre, auf einen dänischen Kriegsfürsten zurückführen können. Statt dessen erlernte sie den segensreichen Beruf einer Installateurin und hing in ihrer spärlich bemessenen Freizeit eher obskuren Verschwörungstheorien, die Eierteigwaren verarbeitende Industrie betreffend, an.

Außerdem trachtete sie danach, die jugendliche Blüte ihres wohlgestalten Körpers über die von der Natur klugerweise festgelegte Frist hinaus zu verlängern. Zu diesem Zweck setzte sie exotische Pflanzenöle ein, deren Wirkung in krassem Gegensatz zu der Größe der Löcher stand, die der Kauf derselben in die finanzielle Leistungsfähigkeit Rita Slovoziks schlug. Eingedenk dessen stellte sie noch vor ihrem zehnten Geburtstag alle Tätigkeiten ein, die zu monetären Defiziten hätten führen können, mit der Ausnahme des Erwerbes teurer Fernsehzeitschriften.

Dieses Horten von Hochglanzmagazinen, in denen die Sendezeiten von Rita Slovozik mit unzähligen Ausrufungszeichen markiert worden waren, befindet sich bis heute im Ruch des Rätselhaften, da sie nie über ein Empfangsgerät verfügte.

Manchmal, wenn sie abends durch die Konsumtempel nahegelegener Städte streifte, in welchen aus verborgenen Lautsprechern Lieder von Cliff Richard schollen, dann blieb sie heimlich stehen, um dem schmelzenden Gesang des Künstlers von jenseits des Kanals zu lauschen.

Er war immer ihre große Liebe gewesen.

Obwohl seine Freunde, Verwandten und Bekannten von diesem Umstand nicht den Hauch einer Ahnung hatten, dachte Adalbert Grundling bis zu dem Tag, da er auf dem Sterbebette lag, er sei Geheimagent.

Dies hielt ihn allerdings keineswegs davon ab, es bis zu einem der umstrittensten Herzchirurgen des Landes zu bringen, dessen wissenschaftliche Veröffentlichungen regelmäßig für Aufsehen sogar in der Boulevardpresse sorgten. Das stetige Leugnen der bis dahin als gültig angesehenen Tatsache, dass ein Organ namens Herz überhaupt existiere, brachte ihm den Beinamen „Der Heldische" ein, den er auch auf eine seine vier Visitenkarten drucken ließ.

Diese erzielen übrigens ihrer Seltenheit und ihrer ungewöhnlichen Größe von siebeneinhalb Hektar wegen bei dem fanatischen Häuflein von Sammlern, die sich untereinander mit billig hektographierten Wurfblättern solcherart Informationen zuschanzen, geradezu unwürdige Summen.

Beliebter machte sich Adalbert Grundling dagegen durch seine Eigenart, bei kleinen Feiern im privaten Kreis aufs Zünftigste mit einer winzigen, für das Auge freilich nicht sichtbaren Verwachsung an der Unterlippe herumzuprahlen.

Später verfiel er rasch, und seine Karriere als Schauspieler in asiatischen Stummfilm-Musicals, die er wenige Monate vor seinem Tode aufnahm, ist nur von psychosozialem Standpunkt aus von Interesse.

Nach einem Taifun, der Meteorologen weltweit feuchte Hände bescherte, worauf diese Kaffeetassen und in einem speziellen Fall mehrere mittelalterliche Urinflaschen aus reinem Blattgold fallen ließen, was mehr Unheil anrichtete als der Taifun selber, wurde an der bulgarischen Nordküste ein kleines Kind gefunden, das an einen Bastschuh festgetackert worden war.

Es erhielt den Namen Klar Holfgert und wurde von den Eingeborenen als heilig verehrt, weil es den Innendruck seines Kopfes derart ansteigen lassen konnte, dass die Augäpfel weit heraustraten und sich die Pupillen berührten.

Klar Holfgert benutzte eine Sprache, die keinerlei Ähnlichkeiten mit dem Bulgarischen aufwies. Sie bestand hauptsächlich aus Schnalzlauten, die mittels einer Prozedur, die Daumen und Ohrenkanäle involvierte, hergestellt wurden.

Es existierten nur drei Vokabeln, die allesamt auf männliche Genitalien zu verweisen schienen. Diese Sprache wurde für die ursprüngliche Sprache Gottes gehalten, ein Umstand, der die bulgarische Gesellschaft innerhalb weniger Wochen grundlegend verändern sollte.

Fürderhin strebte Klar Holfgert eine Laufbahn als Hüttenkäsner an. Dies blieb ihm verwehrt, da er sich nicht selbst die Zehennägel pediküren konnte. Es ist nicht verwunderlich, dass Klar Holfgert sein Leben deswegen damit anfüllte, mit dem Schicksal zu hadern.

Marcus Lever wurde im Jahr des Herrn 1609 als jüngster von 47 Söhnen geboren. Da die Familie Lever gezwungen war, in einem winzigen Gelass zu hausen, welches weder Fenster noch Wände hatte und de facto einem halben Nudelholz glich, erlernte der Junge erst an der Schwelle zur Pubertät die Kunst des Schlafens. Für damalige Verhältnisse war dies allerdings eine Selbstverständlichkeit, von der keineswegs irgendein Aufhebens gemacht wurde.

Weil die Familie strikt katholisch war und neben zu warmem Brot, dem Pfeifen auf zwei Fingern und dem Murmeln altgriechischer Kochrezepte auch sexuelle Aufklärung als unrein verteufelte, wurde Marcus Lever frühzeitig schwanger.

Sein möglicherweise berühmtestes Werk, der dritte Teil des „Faust", blieb deswegen unvollendet, und auch eine Verfilmung, die 100 Jahre später erfolgte und hauptsächlich auf deftige Splattersequenzen setzte, konnte keinen wirklich befriedigenden Schlussvorschlag machen. Dies wurde von den

Regisseuren versucht zu verschleiern – sie schickten übelriechende Fischweiber in die Vorstellungen, die die Besucher meist schon kurz nach der Einblendung des Titels vertrieben.

Ob Marcus Levers Leben glücklich war, ist eine müßige Frage, da 1609 die Worte „Leben", „glücklich" und „ob" noch nicht erfunden worden waren.

Minka Perenz konnte wie kaum jemand anderes alternde Äpfel mit den Wundmalen Christi verzieren. Die Ergebnisse ihrer Kunst tauschte sie gegen feine schweinslederne Stiefelchen, die sie an massiven Bleiketten um den Hals trug, da sie nicht über Füße verfügte.

Weiters konnte sie brachial niesen, war aber ansonsten zu nichts nütze, was sie in ihrer näheren Umgebung zu einer Art Paria machte. Mit dieser Rolle vermochte sich Minka Perenz keineswegs abzufinden, und sie hielt dagegen sprichwörtliche Brandreden auf Marktplätzen und in Karawansereien. Diese so entstandenen Sprichwörter kamen aber schnell in Verruf.

Insbesondere Kinder, die diese benutzten, hatten sich den Mund tagelang mit Kernseife auszuwaschen und warteten darauf, dass ein sogenannter „Bummelmann" ihnen Eselsohren wachsen ließ.

Letzteres geschah zwar nie, aber die elterliche diesbezügliche Warnung galt als pädagogischer state of the art.

Minka Perenz´ Lebenskreis fand seine düstere Vollendung in einer staatlichen Bewahranstalt, wo sie Sperlingen das Spucken beibrachte.

Etzel Müller war aus innerer Überzeugung ein zutiefst unmoralischer Mensch, der neben dem Anblick seiner langen güldenen Haare keine Werte gelten ließ.

Bekannt wurde er vor allem als Schöpfer des Wortes „Busen", welches er aus dem Namen der Dramenfigur „Dr. Mabuse" ableitete, und als Vorreiter des Velozipedfahrens auf Helgoland. Stundenlang konnte er beobachtet werden, wie er an der schroffen Küste entlangradelte, während die Gischt seine Frisur koste. Dieses prachtvolle Bild inspirierte manchen Poeten zu ein paar Zeilen Verseschmiederei; eine Anthologie dieser Dichtungen verstaubte allerdings hinter milchigen Schaufensterscheiben, obwohl ähnlich gelagerte Werke reißenden Absatz fanden.

Selbst Etzel Müller hatte an solcherart Künstlerei kein Interesse, da er die Gabe des Lesens verachtete. Diese Einstellung entwickelte sich bei ihm auf der Basis eines halbseidenen populärwissenschaftlichen Artikels, der behauptete, Lektüre würde den Menschen der Seerobbe ähnlich machen. Obwohl die

Begründung abstrus war und in einem bis dato unbekannten Küchenlatein daherirrlichterte, fand Etzel Müller sie plausibel. Ein Grund dafür mag gewesen sein, dass der kurze Abriss von ihm eigenhändig verfasst worden war.

Auf dem Höhepunkt seiner Manneskraft bezog Etzel Müller in der Anonymität einer puritanischen Gemeinde, welche ihren Sitz im Herzen der Lausitz hatte, einen Kohlenverschlag, wo er bis heute lebt.

Haftil Janssen predigte den Vögeln. Er war selbstverständlich nicht der erste, der sich dieser mühseligen, aber durchaus wichtigen Aufgabe widmete, aber die Tatsache, dass er der einzige war, dem die Vögel auch zuhörten, lässt ihn als Lichtfigur aus dem Schatten seiner Vorgänger heraustreten.

Es bleibt nichtsdestoweniger bedauerlich, dass Haftil Janssen trotz seiner erstaunlichen Beredsamkeit nur belanglose Nichtigkeiten zu verbreiten hatte. Der Großteil seiner Predigten bestand aus schier endlosen Repetitionen eines alten Einkaufszettels, aus dem immerhin hervorging, dass Haftil Janssen dem Kaffeesurrogatextrakt heftig zusprach, sowie ein paar italienischen Brocken, welche auf einer Serviette abgedruckt waren, die er aus einem Restaurant entwendet hatte.

Obwohl sich Haftil Janssen seiner Berufung wegen fast ausschließlich im Freien aufhielt, hatte sein Antlitz einen aschfahlen Teint, und aus seinen Wangentaschen troff unaufhörlich Speichel. Er hielt den Rücken häufig in ein Hohlkreuz gekrümmt, vermutlich um trotz seiner Größe, er überragte den Durchschnitt seiner Mitbürger um etliche Ellen, demutsvoll zu wirken, ein Vorhaben, das misslingen musste.

Bei den Frauen hatte er trotzdem einen mächtigen Schlag, und so manches Dekollete begann zu beben, wenn Haftil Janssen gekrümmt vorbeischritt.

Solcherlei Situationen wurde aber von ihm nur freitags ausgenutzt, denn er blieb bis ans Ende seines Lebens ein Mann des Geistes.

Lilia Hempelmann war das erste Retortenbaby, das auf der Bühne des Wiener Hoftheaters gezeugt wurde. Ihr Fall wurde aber von der Fachpresse schamvoll verschwiegen, da Lilia Hempelmann niemals aus der Retorte hinauskam. Der gläserne Hals war von einem ausländischen Designer zu eng gestaltet worden und durfte von der Theaterdirektion aus wegen des grassierenden Geldmangels nicht zerschlagen werden.

Die junge Frau ließ sich aber von dieser bizarren Laune eines übelgestimmten Schicksals nicht unterbuttern, sondern wurde mit ihrer stillen Fröhlichkeit eine Zier in den intellektuellen Salons ihres Zeitalters. Ihre Einsichten in die Abgründe der menschlichen Seele pflegte sie journalistisch zu überformen. Diese Amalgame aus barocker Sozialkritik und frei erfundenem Humbug wurden in den führenden Tageszeitungen des Landes anonym veröffentlicht.

Dies ging publizistischen Platzmangels wegen zumeist auf Kosten der vormals außerordentlich beliebten „Schachecke", und die so vielversprechende Autorin sah sich zahllosen Anwürfen von Liebhabern des Königsspiels ausgesetzt, so dass sie sich fast völlig zurückzog, ein Vorgang, der ihr naturgemäß sehr leicht fiel.

Lilia Hempelmann verstarb schlussendlich an einer rasch progredierenden Tuberkulose, die sie sich auf einer ihrer häufigen Reisen nach Algier eingefangen hatte – ein Tod, der nur als gnadenvoll bezeichnet werden kann.

Der Schweizer Knabe Rocco Bordeaux war von vortrefflicher Bescheidenheit. So begnügte er sich mit dem herkömmlichen und weitverbreiteten Hobby des Pilzesammelns, wobei er eine Genialität an den Tag legte, die Neider von Hexerei flüstern ließ. Kaum der Wiege entwachsen, führte ihn sein Weg deshalb schon gefährlich nah an einen der Scheiterhaufen heran, die in der Eidgenossenschaft noch bis tief in das Jahr 1987 hinein die Nächte illuminierten.

Rocco Bordeaux entging diesem Los nur durch den Umstand, dass er reich geerbt hatte und in der Lage war, alles Feuerholz aufzukaufen und klafterweise in seinem Nachtgeschirr zu verbergen, ein Ort, der von den Schweizern mit einem Tabu belegt worden war und somit von Fremden nicht berührt werden durfte.

Derart abgesichert, spazierte Rocco Bordeaux häufig über die Wiesen, um die von ihm bevorzugten Hallimasche aus dem Erdboden herauszuschlawinern, wobei er darauf bedacht war, seine grobwollenen Pulswärmer nicht zu verunreinigen. Diese hatte ihm seine Großmuhme angefertigt, die die Strickanleitung von einer Marienerscheinung überreicht bekommen haben wollte.

An einem klirrenden Dezembertage kehrte er von einem Ausflug nicht zurück, was von seiner Zugehfrau erst Wochen später bemerkt wurde.

11

Obwohl in der Forschung darüber seit Äonen ein erbitterter Streit herrscht, kann man doch annehmen, dass es sich bei Xavier Holgersson um eine eher tragische Figur des ausgehenden Vormärz handelt.

Zwar war er der erste Europäer, dem die Fermentierung von Löwenzahn gelang, doch kam er nie in den Genuss dieses ausgezeichnet nahrhaften Suds, da er darauf hochgradig allergisch reagierte. Außerdem war er innen völlig hohl, weswegen er dumpfe, hallende Geräusche erzeugen konnte, wenn er sich mit der flachen Hand vor die Bauchdecke schlug. Damit trug er gern zum Amüsement Umstehender bei.

Der Vater Xavier Holgerssons verstieß sein einziges Kind nach einer hitzig geführten Debatte über den Merkantilismus, und so musste dieser seinen Lebensunterhalt im Untergrund verdienen – oft trieb er sich in übel beleumundeten Gegenden herum, wo er angebliche Ebertestikel, denen von gewissen Personengruppen eine stark aphrodisierende

Wirkung nachgesagt wurde, zu schwindelerregend überhöhten Preisen an den Mann brachte. In Wahrheit hatte Xavier Holgersson diese in mühseliger Heimarbeit eigenhändig aus Plasteline hergestellt. Dabei verdarb er sich die Augen, weil er auf das funzlige Licht eines Talgkerzenstumpfes angewiesen war, den er sich über Jahre hinweg gut einzuteilen wusste.

Sein Versuch, sich bei der theologischen Elite als der langerwartete und heißersehnte Sonnengott anzudienen, scheiterte jedoch kläglich, weil nicht erkannt wurde, dass er tatsächlich der Sonnengott war.

12

Auch wenn die Zeitläufte der Geschichte mittlerweile den dunklen, dichtgewebten Mantel des Vergessens über Biographie und Schaffen des schwedischen Komponisten Mohammed Istschenko gebreitet haben, erfreut sich sein ausuferndes Werk „Ekzem Welt – Weltekzem" in diffusen Zirkeln wirrköpfiger Anhänger, die unbeweibt und dem Trunke ergeben in mondfinsteren Nächten in rauhem Flüsterton über ebenjenenes Musikstück endlos salbadern können, hoher Beliebtheit.

Mohammed Istschenko, der schon in früher Jugend dem in jeder Hinsicht Abseitigen huldigte, hatte einer eventuellen Aufführung durch detaillierte Vorschriften beherzt Dornen in den Weg gestreut. So war es ihm in den Sinn gekommen, ein spezielles Instrument zu entwerfen, dem er den Namen „Istschenko" gab und welches aus dem Stoßzahn eines homosexuellen Einhorns bestand, der mit Saiten bespannt wurde, die man aus den Mägen ungeborener Waldwachteln mundzuzwirbeln hatte.

„Ekzem Welt – Weltekzem" sollte mit einem Nonett dieser Instrumente unter Ausschluss von Publikum und Musikern in den unzugänglichen Regionen Pasadenas gespielt werden.

Da Mohammed Istschenko von Geburt an stocktaub war und keinerlei Notenschrift beherrschte, außerdem beständig an Fallsucht litt und sich nie Schreibmaterialien jedweder Couleur leisten konnte, ist die Entzifferung seiner Partituren mittlerweile traurigerweise zum bourgeoisen Gesellschaftsspiel degeneriert – eine Ironie, die dem freigeistigen Komponisten sicherlich gefallen hätte.

13

In der Familie Frank Roßbachs wurde das Geheimnis des Schächtens von Schweinen seit Generationen vom Vater an den Sohn weitergegeben, und so war es nur natürlich, dass auch von ihm erwartet wurde, dieser so frohgemuten Profession nachzugehen.

Er sprengte aber schon als Bub diese engen genealogischen Fesseln und schloss sich einer marodierenden Rotte von Pharisäern und Schriftgelehrten an. Daselbst stieg er rasch zum Anführer auf, weil er sich eines archaischen Sprachgebrauchs befleißigte und dicke Folianten verfasste, in welchen er grobschlächtig über die Vorteile des leptosomen Körperbaus disputierte.

Da er diese Funktion dafür nutzte, verbotene Arten der Safrananwendung zu propagieren und gegen die Aufstellung von Mobilfunkmasten zu hetzen, wurde er von den tumben Bauersleuten seiner Zeit als wiedergekehrter Heiland verehrt.

Als er aber sein angestammtes „Recht der ersten Nacht" auch bei den mitgeführten Graugänspärchen durchzusetzen trachtete, wurde er von den argusäugigen Autoritäten nicht vollkommen grundlos der geistigen Umnachtung bezichtigt.

Auf dem folgenden Gang nach Canossa verirrte sich Frank Roßbach heillos und ging damit in die Volksmythologie ein, die ihn auch heute noch als weiße Frau verkleidet an Autobahnen umhergeistern zu sehen vermeint.

14

In Friedelbach Dreiers Dasein feierten viele burleske Schrullen fröhliche Urständ. Er war ein eitler Laffe aus dem Vogtland, feingliedrig und mit einem erhabenen römisch-bronzenen Profil gesegnet, das er vortrefflich zur Geltung zu bringen wusste.

Ab dem vierten Lebensjahr arbeitslos, verbrachte er seine Zeit damit, seine Daumen mehrere Werst weit fortzuschleudern, was ihm nur selten und dann eher beiläufig glückte. Es nimmt nicht weiter wunder, dass er dieses verzeihliche Laster sogar vor sich selbst geheimhielt.

Leider war er auch in vielerlei anderer Hinsicht ein rechter Hasenfuß, der es mühelos fertigbrachte, seine hochtrabenden Vorhaben zu vermurksen. Weder schaffte er es, sein Anwesen im Vierfüßlergang zu umrunden, noch war er in der Lage, Sodaflaschen mit Austern zu kreuzen, um hier nur zwei Beispiele zu nennen, die, wären sie von Erfolg gekrönt gewesen, gerade für das im Moloch Großstadt in der

Entstehung befindliche Proletariat Balsam und Wohltat zugleich bedeutet hätten.

Ökologen späterer Generationen gelangten übrigens zu einer verblüffend neuen Bewertung Friedelbach Dreiers – sie wählten ihn zur märkischen Sumpfblume des Jahres 1968, wobei er den Eiffelturm weit abgeschlagen auf den zweiten Platz verwies.

15

Noch bis ins hohe Alter hinein erzählte Hanni Holzler oft und gerne von dem Tag, an dem sie ein köstliches Quarkomelette buk.

Sie erhob dann ihr zittriges, häufig davonkippelndes Stimmchen, ihr arthritischer Zeigefinger spießte Löcher in die tabakgeschwängerte Luft, ihre zerknitterten Apfelbäckchen glühten und ihre rotgeäderten Augen glommen feuchtnass in der Dunkelheit ihres stickigen Kabüffchens. Häufig raubte ihr die eigene Begeisterung über jenes Quarkomelette die Sinne, und sie sank bewusstlos auf den Fußboden, ihre um sie herum versammelte Familie in betretenem Schweigen zurücklassend.

Was Hanni Holzler aber stets verschwieg, war die Tatsache, dass sie seinerzeit die Hefe vergessen und überfaule Eier verwendet hatte. Deswegen war das Quarkomelette ein eher kümmerliches Ding gewesen, das hilflos in der Pfanne lag und Hanni Holzler ein fast wöchnerinnenhaftes Bauchgrimmen bescherte.

Manchmal, in den grauen Stunden des Morgens, brach das gläserne Gerüst dieser monumentalen Lebenslüge in ihr zusammen, und sie schleppte sich in die Küche, wo sie so lange unabgekochtes Wasser trank, bis farbige Rauschzustände einzusetzen begannen – eine durchaus ungewöhnliche Erscheinung in einer Welt, die in dieser Zeit noch ausschließlich schwarzweiß gewesen ist.

Leider übertrieb Hanni Holzler ihr verderbtes Tun, oft hing sie über der Spüle, bis der erste Hahnenschrei ertönte, woraufhin sie bald an Wasser in den Beinen litt und kurz danach vom Teufel geholt wurde.

16

Wolf von Scotens gesamte bürgerliche Existenz änderte sich schlagartig an dem Tag, da er auf der A17 von Hannover nach Bern in seinem flaschengrünen hochgezüchteten Audi den Radioapparat anschaltete.

Da er den von ihm bevorzugten Sender höchst ungenau eingestellt hatte, drang durch martialisches Knacksen nur der schwer verständliche, aber arg dringliche Befehl an sein Ohr, umgehend einen Baum zu bauen, ein Kind zu pflanzen und ein Haus zu zeugen. Noch in der folgenden, übrigens eiskalten und sternenklaren Nacht vollbrachte Wolf von Scoten die ersten beiden Teile des ihm anvertrauten Auftrages im Schweiße seines Angesichts, während über ihm fremde Galaxien stumm ihre Kreise zogen.

Sang- und klanglos scheiterte er jedoch an der abschließenden Aufgabe, dem Zeugen eines Hauses also, und sein unwürdiges, fummeliges Getue, wann immer er ein Schlüsselloch erblickte, veranlasste nicht wenige, sich kaltschultrig von ihm abzuwenden.

Wolf von Scoten vermochte es allerdings, seine negativen Erfahrungen in hellichten Farben auf Leinwand zu gießen und so Tragik in Triumph umzumünzen, was ihm neben einer eigenen Discount-Galerie auch die Gunst der Königin und den Posten eines Platzwartes beim ansässigen Fußballverein einbrachte.

17

Sehr bald von den Idealen einer Gesellschaft angeekelt, die nur nach Glück, Frieden und Menschlichkeit haschte, zog sich Horst Brunner verbittert in die unwirtlichen Gefilde einer Sennerhütte zurück, was ihm nur dadurch ein wenig erleichtert wurde, dass ihm Dutzende willige Weiber täglich leckerste Atzung brachten, eigenhändig gekelterte Johannisbeeren zuführten und ihm auch sonst jeden Wunsch von den Augen ablasen.

Solcherart in tiefste Kontemplation versunken, versetzte er der gottlosen Jungfernhaftigkeit seiner Epoche mittels scharfzüngig formulierter Sentenzen ein ums andere Mal den Todesstoß. Wenn ihn von Zeit zu Zeit unkeusches Gedankengut anwandelte, dann geißelte sich Horst Brunner mit weichen Teigwaren, was zwar keinen wie auch immer gearteten Erfolg zeitigte, ihm aber über alle Maßen angenehm war.

Zur Ablenkung befleißigte er sich sowohl des Kunstreitens als auch des Schneiderns raffinierter Kostüme für Cockerspaniels. In beidem brachte er es zu unerreichter Meisterschaft, wodurch ihm Geld in die ständig klammen Kassen strömte, nur um kurzerhand gleich wieder für Ziegenmilcheinläufe verprasst zu werden.

Horst Brunner wurde alt wie eine Kirchenmaus, was ihn ob seiner zahllosen Entbehrungen selbst verwunderte und zum Guru der aufkeimenden Apothekenzeitschriftenbewegung werden ließ.

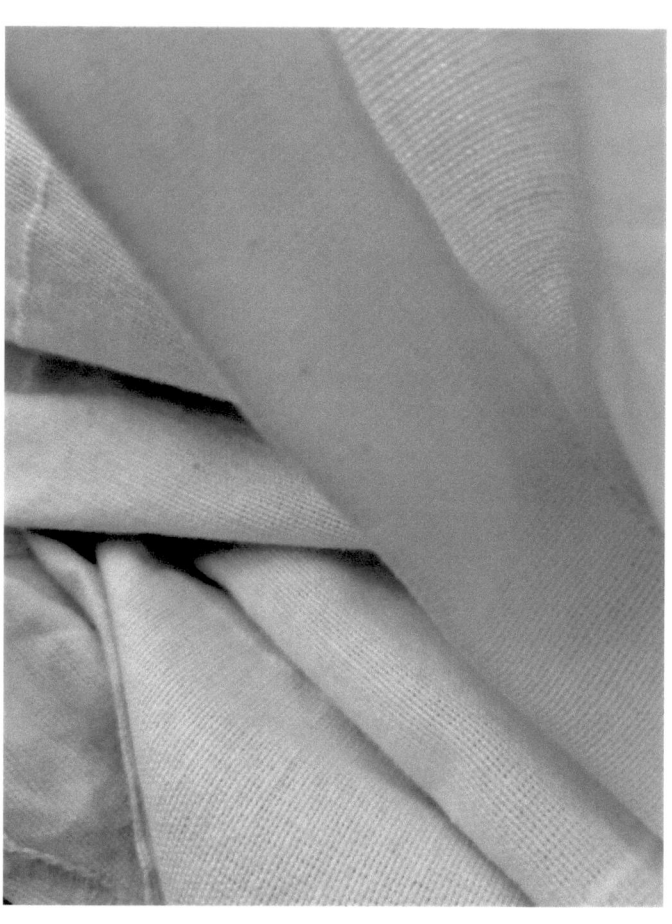

18

Gisela Brunt war ein Mägdlein von zartester, fein-
ziselierter, ja beinah spinnwebhafter Erscheinung,
mit einer Haut wie frisch geerntete Buttermilch und
Augen wie depressive Kaulquappen.

Ein Windstößlein konnte sie umwerfen; ein simpler
Atemzug vermochte bei ihr Hysterie auszulösen.
Beim Anblick einer vom Mutterlaib abgetrennten
Scheibe Brot vergoss sie heiße Zähren, und wenn sie
eine Hummel sah, die sich an einer Blütenstaude
stieß, musste sie in einen dunklen Raum geführt
werden, wo kalte Wadengüsse ihrer harrten.

Dies alles vertrug sich denkbar schlecht mit ihrer
beruflichen Tätigkeit – Gisela Brunt arbeitete in
einem Eisenwalzwerk, in dem neben harsch
aufsprühenden Feuergarben in Ketten gelegte
Minderjährige mit rostigen Kadmiumabfällen aus
gerade geschlüpften Küken Kindergesichtspastete
herzustellen hatten.

Um sich den wohlverdienten Ausgleich zu schaffen, verschlang Gisela Brunt geradezu Hochzeitsanzeigen mit auffälligen Schreibfehlern, mittelalterliche Sündenregister sowie das Telephonbuch der amerikanischen Metropole Chicago, welches sie wieder und wieder mit stetig wachsender Begeisterung las und alsbaldig auswendig konnte.

Nachts lag sie oft wach und flüsterte die ihr inzwischen so vertraut gewordenen Namen in die Dunkelheit, bekam aber nur selten eine der von ihr so ersehnten Antworten. Die wenigen erfolgenden Erwiderungen entzogen sich ohnehin meist ihrem Verständnis, da sie des Amerikanischen nicht mächtig war, wenn man von dem Satz „Mein Bleistift interessiert sich für harzige Wichtel" absieht.

Als Gisela Brunt das gebärfähige Alter erreichte, wurde sie von einem ansehnlichen Galan heimgeführt, dem sie einen Erbfolger und einige holzfarbene Manschettenknöpfe schenkte, nur um von ihm aus Versehen beim verschämten Liebesspiel zerdrückt zu werden.

19

Der greise Patriarch Luka Bloome hatte sein Domizil in einem tiefen Schacht unter dem Brocken aufgeschlagen, von wo aus er vermittels eines Ultratieffrequenz-Oszillatoren das Abendland gegen die anrennenden turkmenischen Horden zu schützen versuchte.

Diesem hehren Ziel ordnete er seine Existenz selbstlos unter, nahm ausschließlich ranzigen Grießbrei zu sich und kommunizierte mit seiner Enkelin, die er von Herzen liebte, nur durch einen defekten Münzfernsprecher.

Auch anderweitig trug der Habitus Luka Bloomes monomanische Züge, weswegen sich seine Brustwarzen zurückbildeten und er trotz seiner Beschlagenheit turkmenische Horden betreffend in der sich damit befassenden Szene, die in jenen dunklen Tagen bereits einer Massenbewegung zu gleichen begann, keineswegs wohlgelitten war. So kämpfte er auf verlorenem Posten und musste seine hochempfindlichen technischen Gerätschaften mit osteuropäischen Flachbatterien illegaler Herkunft betreiben und mit abgestandenem Katzenurin reinigen, eine Arbeit, die Luka Bloome zwar mit Hingabe und Leidenschaft erledigte, die ihn aber körperlich entstellte und seelisch zum Wrack machte.

Vielleicht war das der Grund dafür, dass er kurzzeitig erschöpft in einer Ecke, die er einem befreundeten Eckner abgeluchst hatte, vor sich hin döste, als die turkmenischen Horden tatsächlich kamen.

Diese hatten dadurch leichtes Spiel, was ihnen den Spaß an der ganzen Sache verdarb.

20

Ein Gauner, ein Halsabschneider, ein ehrloser Haderlump – das alles war Parp Kormork, und doch hatte er ein Herz aus Gold, ein Hüftgelenk aus Aluminium und eine Seele aus Butterbrotpapier.

Sein Meisterwerk war die Entwendung eines subalternen Schutzmannes aus einem Kolonialwarenladen unter den Augen eines in einen Rundstrickpullover gehüllten Muttchens, welches sich durch dieses Ereignis genötigt sah, ein nahegelegenes Kloster mit einem Holzklotz zu bedenken, den sie mit Brandmalerei verziert hatte. Die einzige Nonne, die dieses Geschenk je zu Gesicht bekam, sprach fortan kein Wort mehr, heiratete aber eine dorische Säule und widmete sich intensiv der Pflege eines ausgestopften Zeisigs.

Parp Kormork, der übrigens sowohl schwerblütige Juristen um ihr sauer Eingelegtes erleichterte als auch tranige Leberwurstschnittchenverkäuferinnen behumste, bereitete sich ausschließlich durch den exzessiven Verzehr von Eisbein auf seine kriminellen

Streifzüge vor. Da er seine derb aufgeriffelten Zahnzwischenräume danach niemals reinigte, zog er eine Mauer der brüskierten Ablehnung um sich herum, die er nicht einmal mit dem Rezitieren schwülstigschmieriger Romanzen durchbrechen konnte.

Heute ist Parp Kormork weithin vergessen, und nur eine circa 20 Zentimeter hohe Statue in einem venezianischen Hinterhof kündet noch von ihm und seinen unsterblichen Taten.

21

Forke Mekert war eine penible Forscherin, deren Spezialgebiet die Klassifikation von aufwendig gefälschten Siamkatzen war. Zu diesem Zwecke legte sie die schönsten Exemplare unter ihren Teppich, wo sie wie vorgesehen flachgepresst wurden, um anschließend in ansonsten wertlose Alben eingeklebt zu werden.

Selbstverständlich erhielt Forke Mekert für diese umwälzende Arbeit den Nobelpreis, musste ihn aber ablehnen, da sie die dafür notwendige Zinkbadewanne, die traditionell während der Übergabe von einer Hofschranze zu einem mit kleinen Gemächten verzierten Schirmständer umgedengelt wurde, nicht beibringen konnte.

In der breiten Bevölkerung wurde sie ohnehin eher als streitbare Kämpferin gegen das kopernikanische Weltbild bekannt, die es gerade vielen Witwen und Waisen durch ihr engagiertes Tun ermöglichte, ihren Körper neu zu entdecken, was in vielerlei Hinsicht einem heilsamen Schock gleichkam.

Sie selbst wurde von ihrem Oheim, einem alten Hallodri, der frivole Gaudi durchaus zu schätzen wusste, am Gängelband geführt, weswegen sie hastig zusammengebraute Drogen verwendete, um ihren Bewusstseinshorizont zu verengen.

Das gelang ihr so gut, dass sie auch physisch schrumpfte und eine der wenigen Frauen war, die durch ein Nadelöhr ins Himmelreich einzog.

22

Montgomery Dresden schuftete jeden Mittwoch als Dorftrottel in einer Klippschule, ohne dafür jemals auch nur einen blanken Heller zu sehen.

Dafür hatte er den Rest der Woche frei, was er dafür nutzte, um in ungehobelter Manier härene Säcke zu malträtieren. Mit diesem Steckenpferd, das er schon in der Adoleszenz aufgezäumt hatte, beschäftigt, vergaß er unglücklicherweise, dass er der Bruder des Prometheus war und eigentlich die Aufgabe hatte, den Menschen das Glimp zu bringen, ohne das das Feuer nahezu nutzlos war und nur noch zum Anzünden irgendwelcher Dinge benutzt werden konnte.

Trotzdem mutet es hartherzig an, dass er deswegen in eine sakrale Saline verbannt wurde, wo er knapp dem Geschick entging, von einem vierschrötigen Mestizen geschändet zu werden.

Montgomery Dresden überstand dieses düstere Kapitel relativ unbeschadet, selbst seine sammetweiche Pfirsichhaut blieb ihm erhalten, und sein knappes Scheitern bei der Papstwahl ist letztlich nur dadurch erklärbar, dass er dem falschen Geschlecht angehörte.

Unverdrossen und ungebrochen zog er fürderhin, mit einem Bauchleierkasten ausgerüstet, durch die Lande. Obwohl er sich dabei vornehm und züchtig verhielt, wurde er in einer zwielichtigen Schenke von einem losen Frauenzimmer in eine seiner Pobacken gekniffen.

An den Folgen laborierte Montgomery Dresden lange herum; als er sich aber endlich dazu durchrang, einen der vielen hochangesehenen Quacksalber hinzuzuziehen, war es bereits zu spät.

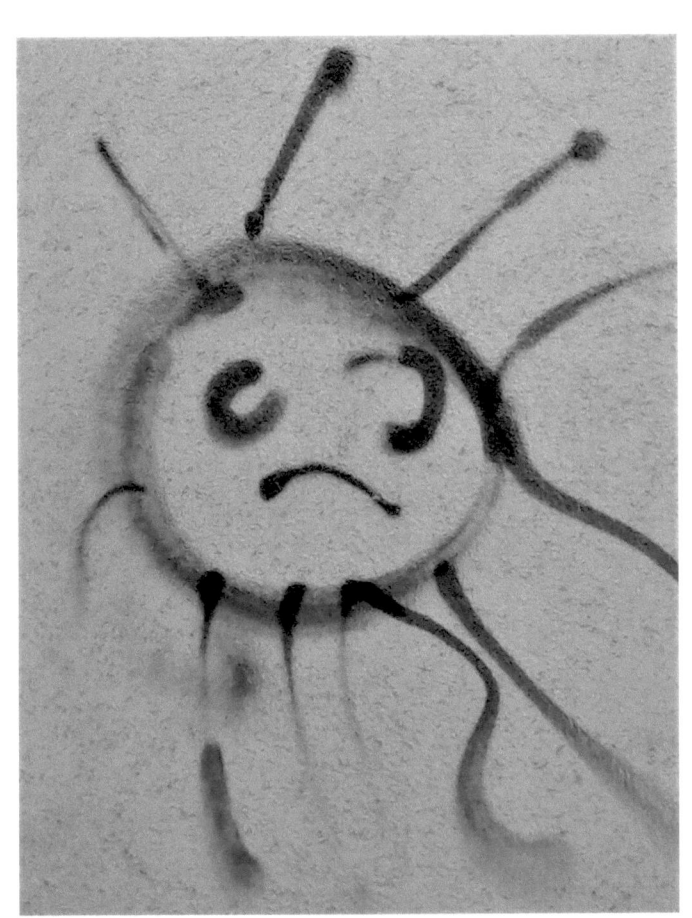

23

Von alters her überlieferte Legenden berichten von einem stattlichen Manne mit Namen Elvis Rosin, welcher der üblen Unsitte huldigte, ihm anvertraute Auberginen zu verschlampen.

Zu diesem Behufe frequentierte er Jazzschuppen fleischeslüsterner Reputation, in denen ebenholzfarbene Sängerinnen Balladen vom Schlage des bekannten „Refrigerator-Songs" ins Mikro säuselten, während halbgeschmauchte Zigaretten aschematische Wölkchen in die aufgeladene Atmosphäre malten.

In eine der eigens dafür vorgesehenen Nischen gezwängt, stürzte Elvis Rosin des nächtens einen Humpen Branntwein nach dem anderen hinunter, stellte dann, voll wie eine Strandhaubitze, ein paar unhaltbare Thesen in den Raum und nestelte beflissen an einer Badehose, die er an seinem Ellenbogen zu tragen die Angewohnheit entwickelt hatte.

Seinen Status, den er als Hauptfigur diverser Mären seit anno dunnemals innehat, erlangte er jedoch durch die Niederringung des unheimlichen „Watzmann", eines Unholds, der während der Prohibition häufig die Kemenaten unbedarfter Zöglinge heimsuchte.

Verschwiegen wird von den Chronisten dagegen neben dem Faktum, dass Elvis Rosin ein Zappelphillip mit Hang zur Inkontinenz war, der Umstand, dass er nach dem Verzehr einer Konifere, die er einem Kräuterweiblein aus der Kiepe gemopst hatte, blutjung dahinsiechte, ein Vorgang, der immerhin mehrere Monde andauerte.

Peter und Anna Hilpricht hatten sich auf einem Deich nahe Worms eine beschauliche Hutzenbuchte eingerichtet.

Weil beide ganz ungeheuerliche Schleckermäulchen waren, hatten sie ihre Räumlichkeiten mit saftigen Brezeln und dunklen Kakaobriketts ausgeschlagen, wobei letztere durch den anheimelnd flackernden Kamin zum Schmelzen angeregt wurden, so dass Peter und Anna Hilpricht bis zu den Knöcheln in süßester Melange wateten. Häufig glitten sie auf den deswegen glitschigen Bohlen aus, und ihre Kleidung troff von herbzarten Schlieren, weswegen sie über einen vielköpfigen Freundeskreis verfügten, der häufig wie nebenbei hereinschneite, um wahrhaft bacchantische Schlemmerorgien abzuhalten.

Wenn die Nacht den Deich umtoste wie Baldriantrank ein waidwundes Zäpfchen, dann kuschelten sich die zwei auf einen zauseligen Schemel und ergaben sich der herzlichen Schmunzelei, die das Betrachten alter Fritz-Lang-Streifen bei ihnen auslöste.

Peter und Anna Hilpricht erlernten in ihren Mußestunden das Fliegen, aber entschieden sich dafür, auf dem Boden zu bleiben, weil sie fanden, dass die Dinge aus der Nähe gesehen viel interessanter waren. Nur manchmal, wenn sie über Margeritenwiesen hüpften, dauerte es ungewöhnlich lange, bis sie wieder Kontakt zur Erde hatten.

Solcherart stiller Freuden wurden sie nie überdrüssig, und so lebten sie glücklich und zufrieden bis ans Ende ihrer Tage.

DANK AN

Bad Doberan

Berlin

Chemnitz

Crimmitschau

Effelder

Eilenburg

Erfurt

Hannover

Leipzig

Meerane

Pirna

Struth

Zwickau

... und Christoph Zwißler!

THOMAS KOLITSCH

geboren in Meerane; Krankenpfleger, Lehrer und Autor; lebt und wirkt in Leipzig / Connewitz und Eilenburg. Veröffentlichungen zur Geschichte der DDR unter besonderer Berücksichtigung ihres Verhältnisses zur Rockmusik. Thomas Kolitsch war Mitglied eines Chores, der das letzte Konzert im Palast der Republik vor dessen Abriss gab.

Träger des Preises der deutschen Schallplattenkritik (2015) und des Deutschen Lehrerpreises (2018).

Außerdem erhältlich: „Fenster und Kerze und Du" (BoD, Norderstedt, 2020)

PAUL KOLITSCH

geboren in Leipzig / Connewitz; Pianist, Handballer und Fotograf. Paul Emil Kolitsch hält außerdem den orangefarbenen Gürtel im Judo.

Der vorliegende Band ist seine erste Veröffentlichung; weitere sind in Planung.